枯成帖

万宇轩 著

陕西新华出版
太白文艺出版社·西安

图书在版编目（CIP）数据

枯戍帖 / 万宇轩著. -- 西安：太白文艺出版社，2023.5
ISBN 978-7-5513-2377-2

Ⅰ. ①枯… Ⅱ. ①万… Ⅲ. ①诗集－中国－当代 Ⅳ. ① I227

中国国家版本馆 CIP 数据核字（2023）第 071124 号

枯戍帖
KU SHU TIE

作　　者	万宇轩
责任编辑	葛晓帅
封面设计	王　正
版式设计	赵丽娟
出版发行	太白文艺出版社
经　　销	新华书店
印　　刷	四川科德彩色数码科技有限公司
开　　本	880mm×1230mm 1/32
字　　数	80 千字
印　　张	8
版　　次	2023 年 5 月第 1 版
印　　次	2023 年 5 月第 1 次印刷
书　　号	ISBN 978-7-5513-2377-2
定　　价	76.00 元

版权所有　翻印必究
如有印装质量问题，可寄出版社印制部调换
联系电话：029-81206800
出版社地址：西安市曲江新区登高路1388号（邮编：710061）
营销中心电话：029-87277748　　029-87217872

卷一　夜泊篇

污点证人	003
天亮了	004
窗	005
谷雨将至	006
大地	007
夜的恐惧	008
缘定	009
小丑	010
知了	011
观想	012
半夏	013
序列号	014
水里的人	015
向天再借五百年	016
风景	017
虚构	018
晨曦	019
囚徒	020

今日小醉	021
断路	022
孤立	024
异类	025
镜像	026
看不见的城市	027
反面	028
日落	029
我们	030
被杀死的赣人	031
冬天，写下了更多的诗行	032
飘雪	033
油画	034
玻璃	035
后来	036
幸福	037
失眠	038
反抗	039
家庭聚餐	040
偏执	041
无期	042
仪式	043
问	044
窗边	045
行李箱	046
写手	047
狗	048

偏爱	049
较量	050
南在南方	051
闲杂人等	052
灯笼	053

卷二　时盏篇

半百	057
父亲	058
匍匐的橄榄绿	059
老兵	060
我们的夜晚	061
都去哪儿了	062
品	063
红剪刀	064
入冬	065
刺客	066
摩羯座	067
致一个将死的路人	068
冬日阳光	069
冬至	070
明明	071
放牛	072
麦地	073
缓慢书	074
献词	075
安安	077

十年	078
尘埃落定	079
囍春	080
雨水	082
她	083
碑	084
一滴雨落在清明	085
清明	086
清明上	087
答案	088
酒	089
来路	090
讲台	091
白马非马	092
烟囱	093
我搬进鸟的眼睛	094
愿望	095
回	096
又一年	097
平淡	098
沉默的夜	099
小满	100
听说	101
秘境	102
阶梯	104
某年	105
端午	106

| 信物 | 107 |
| 一花一世界 | 109 |

卷三 浅川篇

青衫烟雨渡	113
饭局	114
新春	115
有生之年	116
向日葵	117
药	118
初见	119
大叔	120
征婚	121
爱好	122
夜半	123
天花板	124
陪衬	125
空白	126
检讨书	127
立春	128
秘密森林	129
误区	130
夏至	131
退役	132
机械化	133
不速之客	134
大象，大象	135

致	136
六连岭	137
大暑	138
意外之诗	139
我应该	140
萤火虫	141
抽屉	142
次第花开	143
七喜	144
以你之名	146
七夕	147
玩具	148
迷路	149
篝火旁	150
灯塔	151
南渡江	152
擦肩	153
客串	154
镜子	155
掉落	156
背影	157
第三种类别的动物	158
伐木人	159
生活所迫	160
那个男人	161
引子	162
简单	163

新闻	164

卷四 上邪篇

为你写诗	167
镜像里的倒叙	168
尘埃落在时间上	170
遇见	171
安静	173
等待叫醒的人	174
棋子	175
现实	176
看剧	177
听我说	178
战友，战友	179
亚龙湾	180
师者	181
架空	182
旁观者	183
路	184
想象之中	185
旧日历	186
霜降	187
海口钟楼	188
突如其来的一场雪	189
人设	190
简历	191
被忽略的声音	192

小雪	193
椰子寨	194
那年今日	195
嘿	196
倒计时	197
心跳	198
填海	199
走过去	200
患者	201
黑色	202
白色	203
牵手	204
月亮，月亮	206
塌方	208
麻烦	209
我有一本书	210
如影随形	211
春天里	212
粒子	213
角色	214
退后	215
在山顶	217
中途风景	219
面具	221
好久不见	223
悲歌里的钟声	224
后来	225

有时候	226
病与劫	227
构想	228
泡沫	229
序曲	230
曙光	231
目击者	232
冬天的边上	233
像	234
蘑菇	235
下楼	236
入座	237
短晴	238
山海	239
蓝巷	240
日子	241
等待	242
习惯	243
化石	244

卷一 夜泊篇

污点证人

到底,还是败给了脾性
买了票,入了座
观望着手舞足蹈
我鼓了鼓掌
给出指导性意见
天上,好大的牌坊

旧我开出证明
阐述声名狼藉的合影
分析技巧
细节像山,勾画白纸
我将它们点燃
映衬叹服的演讲

她很安静,没有哭闹
令我愧忏
她意识到了破败,窟窿很深

她不知
街坊称她
污点证人

天亮了

夜半孤火
小狗也还未眠
温一壶谷酒
听老人讲比世纪还长的故事

光着脚丫
撸起袖子插着柳条，清明果在木桌上炫造型
烟圈厚重，透过阎罗扶摇直上

夜幕的涟漪拉开古老序幕
远方山谷燃起星星烛光
箫声点亮乡愁
守陵人啊，关上了最后的落寞

窗

虚伪的阳光撕开黑夜
古典里的神,相继现身
观望着牢笼,观望着我

怜悯滴落在青石板上
滴答作响
可那是唯一的解药

但已经千万年了啊
遍地都是我的残肢,百骸
托着破败的头颅……

"天哪!"
新晋的神发出感叹
听着老神讲着尘封的典故
我都可以背下来了

刺眼的光芒再度被蒙上遮羞布
一切归于死寂
只有那一个金色的光点
上蹿下跳
那是神的眼睛
打开了窗

谷雨将至

微风拨弄青柳凌乱的絮芽
像极了我扯下你辫子上的皮筋
妩媚而又有些许嗔怨

谷雨将至，木榻温软
一壶，一盏
雨前茶的清香，道不完的情话

漫步于过往的胶片
醉卧山野的牡丹，却不及你半分

霓虹灯下，一针一线编织流言
杜鹃栖落，焚烧月老手中的红线
一颦，一笑。糅进尘埃

祭海的号角已经吹起
那是一条没有彼岸的航线

雨落了下来

大地

大地裂开一只眼睛
人们把我丢弃在这里
秃鹫亲吻我的头盖骨
它不知道我在看着它

成片的野草爬满了广袤的家园
男人们重新忙碌了起来
他们挥舞着生存的镰刀
把我暴露在贪婪的阳光下

我最终还是出现在课本上
官方标注了警语

每当沼泽漫延天际
心存敬仰的魔鬼
窥视着我的身体
虔诚祷告

枯戌帖

夜的恐惧

说书人的醒木裂了
绘画人的笔断了
收音机里的美杜莎
她的眼吐着芯子
教唆着河流里的贪吃蛇

男孩捡起折断的铅笔头
浸着太阳，染上彩虹
掏空了胸膛
眼里闪烁着光
填补最后一片空白

女孩拾起无为的木瓦片
擦拭碌碌的年轮
削成一把双刃剑
白纸托举着神明的嗔怒
打扰了水墨画

他抱起自己的影子
挽留公道
不曾闻
更夫已打四更
陌生且习惯

缘定

世人称道的画卷，猎人挥起了屠刀
花雨扰乱了刽子手的艺术
被供奉的生灵望着那土地
那被种上植被的烟火

总有不缺热血的格斗士
他们的眼睛，落满了战鼓
而后他们老去
躯体开始僵硬，望着朝阳
就像那时的我望着他们一样

我推开搀扶的桥梁
谢绝沿途的旅伴
重生在画卷里
盯着参观的人们

小丑

我是黑夜那抹空缺
我自认为
探戈的红酒杯
哺育跳动的脉搏

我是秩序的摆渡人
我自认为
落日的羔羊
享受本不应属于它的恩赐

我是被囚禁的演说家
我自认为
单一的颜料
编织众神的交响乐

刻在我的脸上

我自认为
只是我以为

知了

夏天的风，很涩
我计划着登山
那里有你的名字
我赴约而来，缓慢且坚定

在梦游记里
你的足迹沿着我的掌纹
挥洒情愫，鞭策远行

在个人传里
圆规被一刀两断
散落在空白格里，怀揣花瓣

我知
了无结果

观想

银两贩卖，捉弄初升的镖局
扛着野路子的锦旗
剪映出波澜的车轮印
磐石般的瀑布
吊唁我的小黄狗

乖戾的荷尔蒙呀
渴求喷涌的泉水。请仔细听
这没人要的哈巴狗
它咧着嘴，放肆地哭
穿梭在躯壳山海
哎哟
这扰人春梦的簸箕

反复拉扯西边的余晖
提线的木偶忘记东边的伤痛
我攀上众神的肩膀
站在婴儿床上
埋下种子

我单膝跪地
观想

半夏

山在那一头,很理性
俯视前人的锄头
思念着,腼腆的海风
它改变了我的曲目
狐狸露出第九条尾巴

海在这一头,很感性
相机捕捉施法者的喜好
落阳很本分
折射在蔚蓝下是探秘
那个贪玩的猎人

半夏的面纱
尘民,诚惶诚恐

枯戍帖

序列号

前世摘花，今世却供人观赏
推开后世山门，林外有书斋
怎会受造化沉浮，跌落红尘
戒尺扰梦，窥望一角未来

厌倦了倒影，摆放在博物馆
书生摆正，退入万丈深渊
终归只剩一盏，禁锢胆怯睡意
我是第几位房客，风吹过残梦

身上的序列，我们成为战利品
想来不是最后一个，总有人接盘
背上受害者，我们审视着笼中人
漆黑的眸子寻找光明

扛着烙印，举步艰难

水里的人

雨点在滴落,点亮章节
烛光下的小麦是裁缝
指北针躲在乌云背后
握紧了拳头

山水很消沉,怀揣着心事
局外者却在自责,捧上钥匙
接纳每一次落单

投身坊间
沿河是我们的
故事

向天再借五百年

一念，五指撑天做个说客
浮生，落下病根的紫青剑
撼不动那天条
石头画着因果，取笑菩提
问这是非，问这花开、花落

五百年的恩典，普天同庆
有个和尚拐走我的躯壳
许下佛号，别了相逢

前半生，我被写进诗里
成，妖王
金箍安葬
悟了空的尽头

风景

梦在低语
窥视刑台的静默
磨了棱角的顽石吃相难看
记事本上落下病根
不见苦行,不听告慰

纸杯交盏
冷了枕上书
叠上三部曲
草芥麻木地举起
渡口稍立
甲板习惯空山的合影
麦田扮演它们
定格在橱窗里

我收到回复
祭奠
看不见的风景

虚构

晚风困了,森林在凋落
穿街旅人指指点点
失眠人被摆上案桌,消磨
鼓手同情碎花裙边的斑马线
睡醒的高跟鞋,雨停了

与僧侣结伴,苦行的袈裟
她却不闻我的痛楚
离开相识的季节,时速在飙升
他却不明我的道别

心房拒绝插图
落难的菩萨
纯属虚构

晨曦

海平线已压不住沙砾的暴虐
烫金的鱼鳞审视贪婪
多了份苟且,在钓叟的烟灰缸里
回家的青石板,共三千六百零一块
再相望一眼吧,毕竟不会再多添双筷子

推开迟暮的阀门
倚靠在墙角等待,是零散的空酒瓶
再来一杯吧,就在日记本上
像是一个哑巴一样,孤独地守望

可我依然在等
晨曦的勇敢

囚徒

来不及，记事本不再念旧
田字格打开尘门，引诱
盛夏果实，勾兑出黎明的葬礼
散装的月光，献礼——
打捞被爱人的遗体

高墙给我赎罪的机会
三寸人间，请收下见面礼
电网没有轮班，甚至没有小菜
瞎了一只眼的老号子说：
笔记是最珍贵的礼物
他点燃烟头，藏匿的眸光在复活

我被安上编号，迎接第一堂课
最喜欢的菜是青辣椒
这是唯一能唤醒味蕾的食物
偶尔飞来烈鸟，是将死的老号子

遗憾的是
烂在无期徒刑里的问题
无人解答

今日小醉

奈何人间挑衅
十里桃花绣红娘
四季沉思
目光所至,许三两白银

客官请入梦,雨化成灰
恰逢老友小聚,熏红了眼
镜子问我
影子送你回家吗?
我怎敢劳烦

黎明提着沙漏
为我引路
潮汐更钟爱夜来香
它听懂我的唇语

断路

古人说，这是下坡路
我们仰望的
是观想
当开始直立行走
大自然，睁开了眼睛

生来就在最顶端
是谁给的错觉
是窥视一角星空
还是那壮阔的蘑菇云
总有什么
在滋长白纸的野心

甚至
我们怀疑身世
倒悬的塔罗牌
不发一言
我们恼羞成怒
它散落在地上
嘴角挂着微笑

我们不约而同，去探寻
去证实理论

推测、假说、编写
最后凋零
我们终将被编入古籍
就像我的书架上
那本山海奇经

孤立

草原铺成一个大字
牛羊啃食着肌肤
提醒我还活着
碑文仰着苍白的面庞
点亮他乡的英魂

羊皮卷也不再伪装
落难的獠牙
撕开老人的遮羞布
崩碎,悲鸣的童真
我数了数
丢落的烟尘

不用理会
老掉牙的时间轴
我透过十指缝
眺望

异类

我走下山峦丘壑
抡起大道江河
雾霾遮住众神的心扉
工人用他们的血肉
铸成芸芸众生

用笔拆散黄昏

他们将我赶走
编织一段段神话
糅进缥缈的洪荒
但他们不知
我本来自那里

我常出现在茶余饭后
被称为异类

镜像

她说
被署名的镜像

遭弃的笔记，嘲笑
我的心里话，断续的
背影，眉毛在叫嚣
痕迹，读取了记忆，崩盘的大冒险
捧杀的花骨在庆幸
倒放，暧昧
虚度的花火，掉转枪口
百叶窗还未暂停，折指
的懒猫接客，叠放了黑夜的墓碑
镂空的稻草渐渐微笑
干涸的诡辩在敲门

看不见的城市

礁石本身便有罪
羊皮卷上铁证如山
推揉的海潮发下誓言
这是最后一次了
背跪下的依赖

回忆扎根
舌尖崩塌的酸梅汤
拼凑的天线远走
翻开虚度的相册,落下平庸
在失联的梦里,游荡

好久不见

反面

我是一个反面教材
声名狼藉
可没断的是厮守
毕竟我们也曾是别人眼里的风景
浪漫穿街过巷，装填后的
我们撕开浮夸的剧情

扎根巨石上的懦夫比画
抗不过最顶端的神目
陌路的三尺红台浸湿了眉
只不过是相逢尽欢的戏子
我掏空了躯体
羞见自身难保的孤勇

他关上自己
一部失败的作品

日落

这该是天外之作
总会在心房边悄然绽放
震撼你的审美,赞为神话

那是从火焰中打捞出的眼睛
它是谁的眼睛,审判谁的罪恶
缩影后的是浮夸的象征词
但不及我疯癫的万分之一

她还是放下,落成夕阳
她依然东升,承接西落
抛物线很安静,遵守我们的约定
哪怕遗留余晖

我是一个涂鸦的画家
为你写诗

我们

这已不是连接我你之间的定性词
它把我们丢进了黑夜
去辩夺第二段历史
可相片在推脱
零散的骨架端着
像极了朋友圈里的姿态
但也是人为，非它本意

我们无法决定旅途的起点
就算"人之初，性本善"
颠簸的旅程没有美酒款待
因为存在，所以存在
多观摩那圆滑的石子
临摹海的烙印

可
你怎敢提笔
落得满地狼藉

被杀死的赣人

诗人不懂历史,代替不了学者
在被教训的星期天
那个男人跪着祈祷
可签筒里皆是下下签
有人看见,他消失在弄堂里

隔岸观火,坊间流传好几个衙役
明火望着那耿直的肉体
缺口的尾戒确认身份
拥挤的好事鬼里藏着一双干净的眼睛
她来了,他应该高兴
但他却不知道她来了

荒野里
那个被杀死的赣人

冬天，写下了更多的诗行

我是健忘的，可不想被别人取笑
我打开破酒瓶，那里面有我的备忘录
您看吧，我其实记得扎人的暗语
冷漠的路人行行好吧，没人要的大孩子
他跌跌撞撞，踩到了诉苦的爱情
摊开琐碎的牵绊，隔墙的双人床

并肩的是沉默的话题，抱住你
放弃的桥段还未下班
"今天我早点接安安。"
"好。晚上吃什么？"
"都行。"
约会聚餐升格为做饭带娃
我服从这个自然规律，渲染主题

失眠的左耳尖叫
梦该醒了

飘雪

姑娘不听劝说
安放在路上
背靠龙墙的是叹息
我看到背离者的秋天
妄自造句

打天国的尽头游来
儿女情话,雕琢
六道的进行曲
诗人用他的毕生心血去供养
上世纪的飘雪

地图上
蜷缩的一点

油画

那本来就是虚构的终点
带不走前世的荣耀
带不走今生的蹉跎
暮雨在听
秋凉时节
推广回忆的诗僧敲定
适当的空缺

流云相随
那老去的山羊画
我有幸成为群观者
烫红了眼
瑟瑟风口挡不住奋不顾身的念想
本就属于我
我诞生的初衷
葬身在山下的彼岸
或许它明日依然升起
但我完成了我的使命

哪怕我双眼卑微
丢了你

玻璃

她指导我的两面
断判平行那头的裂缝
那不是盛情难却的愚夫
献祭的是我的青春
姑娘你看不清
苟延残喘的膝盖的悲鸣

橱窗还在意
被牵扯的距离
崩落叹息的黎明
投影不再等
勉强的誓言，沉沦

我祈愿
那头的你
幸福

后来

身边再没有关于你的一切
只有冰冷的转账记录
在提醒,被"抛弃"的喜感
可你为何写她
失乐的法老不再走访
我还是那件痛苦的袈裟
信息化传来音讯
黑珍珠扩散在奶茶里
食之无味

扔掉鸡毛断定
后来
我不再写你

幸福

你应该是个幸福的人吧
我对着镜子
哑笑

失眠

我枯等在方格里
为赶路人算命
空白的宣纸沙沙作响
是我弄疼你了
等什么呢
食指点了点流星
愣了愣

当下
我最有发言权了

反抗

他,点头哈腰领取判决书
他,百米冲刺交罚款
他,心满意足更如获珍宝

他直起压弯的天线
连接潮水的热情
斜眼一个褴褛的路人
结果
他又被拖了回去

家庭聚餐

秃鹫叩着食盘,和蔼的饕餮
他们说长辈为先,这是规矩
三分钟的热度
百无聊赖地刨根问底
浅笑而不失礼节
我是最不讨喜的那个
所以我手里没有糖果
但这不是我的理由
二老的背更弯了

偏执

他不信命,却听命
其实这也没什么
毕竟
这个世界上能读懂他的语言的
只有那缺角的镜子
他眼角的疤
是某天与镜子争执的产物

无期

我记不清多少个日夜
不敢写太精确的数字
怕显得不够诚恳
就在今夜
差点写下你的名字
那是唯一可以咀嚼的
仅剩的联系
我还是会睡去
遥遥无期

仪式

我愧对世间疾苦
偏执将我拘役在这里
她克扣我世间温暖
却嫉恨我明码标价
那我们就在孟婆前对话
我非你不娶,你非我不嫁

问

推古刹门,揽一缕红尘
念一段过往
施主为何而来

再回首,化为山峦之巅
拼尽全力,哪怕一而再,再而三
坠落银河
供尘世间消遣

雨落时节
推开雨帘,妄念殿下的你
依然高傲,和尚迈步
有点小雀跃,亦如同当年
呼唤我尘名
单手立掌
贫僧法号忘河

窗边

它拦不住我的
我是这世界的第一峰
可我困在这腐朽的皮夹里
敲打着我的墓志铭

它拦不住我的
我是被遗弃的囚徒
报纸上不再有我的丰功伟绩
墙头挂着新鲜的牛皮癣

郎中开了一份处方
吉时已到

行李箱

它就那么大
囤积了三年五载
她往那边挤挤
你往那边去去
空下的正好可以安放我的思想

她宣扬我的事迹，劣迹斑斑
污秽的前言是我的说辞
闲语散客上前打榜
圣女果丢弃了桂冠

她着急忙慌
将我扔进了无名之地

写手

时间奉上剧情
三观却在袖手旁观
那就请给个说法
落在世俗的圈套

小镇在你追我赶
她在文字的长廊里讥诮
笨拙的我在这里枯等
捕捉炙热的背影

匆匆一瞥
是我痛苦一生的光

狗

它很安静
不喜叫唤,连主人
都懒得搭理它
更别说
那只雍容华贵的猫科动物

有一天傍晚
西装暴徒前来拜访
这是她第一次呼唤我
强硬而急切
我甩开了老掉牙的锁链
一念之间

偏爱

来一场数字对话吧
适当的年龄
相遇的时间
夜晚敲门的中场
就在殉葬曲卡点的瞬间
悼念的动物吃饱喝足
整理出当日的笔记
听说是左手代写的
野草为何不懂星星半点
支架顺从它应有的使命
虽然，使用者痛恨它
却非它不可

请安放他的骨灰盒
涂上颜色

较量

房屋很安静
喝醉的高脚杯打开了灯
还好没有破碎的相册
衣衫褴褛的旅人
多少是给了房东面子
画押的日记本也挡不住
黑夜的顶撞

九月的天，冰冷
谁先打开门
谁便落了下风

南在南方

时针转动昼夜
分针指着土壤,秒针指着苍穹
我怀着司南
摸索儿女情长
跋山
叩拜菩萨
四字箴言
扎进我的血液
冰在沸腾
涉海
心地善良的美人鱼
露出她尖锐的獠牙
一颗红色的星球
注视我,警示我
逐日
夸父倒在历史的设定
设定里的传说
孩童津津乐道
我倾听
另一个版本
南,在南方

闲杂人等

明月邀请一场黑白配
这是哪个没情调的老头定下的
单身贵族的橱窗品
她们来自同一座童话镇
洁白上落满纯真,是我
抑制火山口崩塌的借口
残叶溜进深夜剧场
数落卖火柴的墙头草
拼凑,晚点的双人旁

孔明灯下
一纸、一墨
一世界

灯笼

我在写一段前因
根茎在争夺限量的养分
他不知为何如此
榔头一巴掌把他拍进了方圆里
他灰头土脸的
逐渐与大山匹敌,他是
这一片最茁壮的

我在写一段后果
枝叶妖娆多姿,面对太阳
她躺在多情的钢筋上
所以她精致、细嫩
路过的好心人也会滋润

我在写一盏灯笼
她娇艳欲滴
有根茎的坚韧
也有枝叶的媚态
她是被推举出来的灯火
她不明所以

院子领来新成员
他到死
都见不到她的惊艳

卷二 时盏篇

半百

原来
从仰望到俯视
只是那十几年的光阴
原来,他剃不完的白发
是剪不断的世故
听——
穿越心海的钟鼓
响了

天平上的沙漏,日复一日
她眉宇间的山河
沟壑纵横,撰成经文
酸甜苦辣碎了一地
看——
年轮碾过的蹉跎
亮了

父亲

他的世界没有文字
掌纹被铅笔划破
缝纫机下的饼干
落得随意
安静得如那影子

我爬到了半坡
经历两个四季交替
黑夜的深渊睁开了眼
审视我的身份
她还回了一堆废铁
没收了利息

时间，都去哪儿了？

匍匐的橄榄绿

神说要有光
所以你悄悄地来

上世纪将传承烙印在骨子里
刻在橄榄绿上的匍匐前进
踏寻夕阳的川河
折射进幼鹰的翅膀
老夫驱赶羊群一般驱逐云团
眉宇间裂痕一鞭鞭加宽

我依然无法入眠
虽然并未熄灯
武装越野后的疲倦加重病情

我热爱这条分割线
就像他们一样热爱
上卷,撑起一片天
下卷,国泰民安

这是雪线装订的使命

老兵

十八岁的少年
稚嫩的脸庞上没有离别的伤感
只有父亲转身后的挥手
悄悄刺进他的血液

绿皮火车燃烧着老伙计的伏特加
载着未拆封的纸袋驶向远方

锣鼓的欢呼，和蔼的笑容
亲切的关怀
为蹂躏 A4 纸的洁白打上前缀

八年虚晃，少年早已卸下戎装
和他们一样
折叠好爬满伤疤的迷彩
潮汐过后
铁打的营盘，回不去的岸

我们的夜晚

"班长,站岗了。"我应该是做梦了
香烟很沉,走得慢的话
来到岗哨写下名字,它正好就灭了
这令人头痛的二到四
我扛着两拐,突然明白它的分量
尤其在卸衔的那瞬间
讲好的笑着面对,为何都低下了头

炊事班后面的竹林,是我们唯一的合影
祝贺老雷的前程似锦,留着念想
一拐的夜晚总是伴随着惊喜
作为惊喜的常驻代表,加餐必不可少
蹲姿永远是那道霸王餐
我们不忍离别,却参与道别
我们分散天涯,各自安好

收纳箱的夜晚很安静
我细数着星星
念叨着你

枯戍帖

都去哪儿了

记忆在颠簸,肢体还停留于上一个情节
医学诊断里,称之为痴呆
或许在舅舅去世那天,世界就崩溃了
不安的夜晚,寻找着相关的蛛丝马迹
记得,停拍多年的全家福落得一身灰
所以胸口的疼,被无限扩大
屋子好似停顿了,依稀还有笑语
我们绝口不提,熟悉的陌生人
理性蒙蔽双眼,忽略了念想

时针回到起点
像是特定
在某个场景,活在记忆里

品

一盏灯说道二十年
老叟踩着余晖,下山去
禅香说它是相思路
木鱼轻叹,奈何无桥一场空
听古刹敲钟,采得金骏正归山

一壶淡茶千年回
始东汉入唐,愿是故人来
为镜中画像拂泪,许是茶山托梦
山鼓回荡,独品淡茶半生赋
俯卧滇江醉,恰是彩云之南

师父说过
金骏挑眉,红袖添香

红剪刀

她老得生锈了
被遗忘在某个裂缝里
我把玩着多功能的
指甲钳
咧着嘴，炫耀它的锋利
她可能不再那么唠叨
她的双手也变得粗糙
可她依然念着
在夕阳沉落的瞬间
似乎她真的老了

可我在遇到困难时
还是会寻找那把红剪刀
她依然抱着我的脚
做着精细活

红剪刀
重新回到某个角落
等待需要她的时刻

入冬

电话那头是娘亲的棉袄
我有些忧愁
望了望热带的南国气候
电话这头是微笑平安

回赣的心情很沉重
机票上盖着匆忙
他被动的手败给了距离
弯曲的腰杆撑不起父爱

父亲眼角湿润
说我不懂

刺客

古道难,她不曾给我分薄面
许我半世尘酒,天涯均过客
拆曲同门,林前被惦记的花火
醉卧云帘,颠倒楼阁问孤生

三生采石赴中原,师父说过
莫问世间尘苦,戴一方罗刹
我为黑夜加冕,了红楼旧梦
我被推上王座,念城市信条

悬赏榜上
空谈

摩羯座

它们是孤独的逆行者
总说在穿云背后是守护
可却剩倒挂的伞柄
绝望挣扎
先有供奉还是先有神灵
祈祷的是
肮脏的交易

我还在痛苦的街角
那里被称赞为重生
北国的风不会独立思考
双膝陷入沉默
隔壁是回避的问号
如果当时在等
一个平等的撮合

我是摩羯座
句句属实

致一个将死的路人

只是一个粒子,哪怕他发着高烧
他不应该出现在火堆里
应该在被质问的中心
被视为野兽,被奉为神灵
他更贴近死物,总该有个寄托吧

架空的涂鸦扮演说客
北海有个大窟窿
柴房很深
点了盏烛台
我举步皆为敌,被杀死的路人
需要用什么样的标准来维护准则
偏执后的是意义还是徒劳

我认
世间皆虚妄
打赏这个将死的路人吧
毕竟我只是一个路人

冬日阳光

流逝的阳光指着天涯
庙台上，摊开手心温度是
诵文，夹层里的危言在理
我是土生土长的和尚
生我的女人长在半山坡
不是孩童了

冬夜悲苦，背着骂名
我不希望她被人挫伤
所以觊觎阳光
拥抱不曾拥有的亲昵
她练习停顿，抵抗
触笔温柔的虚拟

冬至

穿上秋装
冬庭散落初雪
南桥那头鼓掌热烈
是谁湿了身后的摇曳
灌醉一把苦药

换上潮湿新衣
矮墙低落
远方的口感不错
经不起推敲

明明

她在指挥明明
可明明是我，打开了清白
出场词改了又删
到底还是原班人马
巷尾传来几声咳嗽
打搅了，失眠的疯癫
航海版图夸张右手边的玩具
她们争分夺秒，背对名分
纠结着娃娃学语
明明
串了场
对面哭了几嗓子

放牛

是头牛呢,还是牛头
总该有个称呼
毕竟是群牛之主
小牛犊很好奇
注视着摄像头后面的我
咔嚓,咔嚓
群牛存在于手机里
小牛犊受到了惊吓

大牛很淡定
啃食着青草,它要养得肥肥壮壮的
虽然它很久都没有见到"老牛"了
她太饿了
只有领头牛认得回家的路
我是这么理解的
毕竟我没有看到放牛的

放牛的或许在家中
或许在茶室
但他不在案发现场

麦地

我把她写进诗里
烂在骨子里
昨夜的长笛,相守秘密
取下袈裟,割让肥沃的土地

倒挂的酒杯,是我
为你撑起的天空
她挺着大肚皮,嘴角含着杏子
晚风诠释唇语,堵住她的嘴

镰刀划破温柔
溅落,混子的麦地

缓慢书

城市在读秒
后盾是无喜的清高
利刃是无悲的冷漠
风还在等
那个撑伞的人

裹步的脚踝言道
那是谁的破卷,启明星在念
星空杯后的演讲稿
可不该停顿,半阕古词
她撞得匆忙,绊倒半生烟火

夜晚
燃灯,叠梦
忘却周公书写,散尽

献词
——观张桂梅校长纪录片有感

我是来自上亿学生中的一员
戏说"神兽归笼"

我是来自上亿学生中的一员
游说三两学费

我们都有一个共同的期盼
那一年，相遇，相知

感谢全封闭的理解，那三更半夜的呼唤
我们望着同一个方向，同一个念想

柴火炉里烫着米汤，那是我给您的礼物
请您不要拒绝

接过花洒，那是候鸟栖息的港湾
三年的羽翼日渐丰满
眼里闪烁着光，是温暖的陪伴

停靠山脚的灯乏了，黑夜睡了
湖畔的路灯依然亮着

枯戍帖

陌路深处,通向汪洋大海

大坝还在修建,日夜劳作
扛旗的先锋是孤独的爬行者
工程本早已坑坑洼洼

您说再等等,等一次万里无云
您会在金色的大地上宣读
那一份誓词

安安

它是你的乳名
我更多的是唤你菲哥
来自不同辈分的思想劝说
我却无动于衷
一千五百二十八公里
这是我第二次写你
一个什么样的立场？
或者
你是什么立场？
我听说你有一个新的名字

我翻开户口本
倒计时

十年

他更像是个说客
看着隔岸流花,品着枝丫
三开头的章节里
我不希望有另外一只手
影子做好赴死的准备
他一向听话
顽劣得如孩童
"丢给我吧,我不疼"

枯老的视听混淆
在那片秘密森林里
我抬着国王的棺木
倒在死海里
请不要向他走来
接过公历的生日
宣纸上的一点
慌里慌张地
翻了二十多节的列车
苦马种田
山野香客醒悟
还在路上
十年的路
慢慢走

尘埃落定

本是彩云捉弄的红线
贪玩的孩童打翻了潘多拉的盒子
这又是谁的旨意
老牛的掌心破了
它不懂如何表达
农夫断定它是被蛊惑了
连续五天
家里的餐桌上盛着吃不完的牛肉
残留的汤汁提醒农夫
他扛着犁，晃着酒步
再也没有回来
人们找到他的时候
他的姿势很专业
老牛在的时候，不需要他这般
土壤忘记了
他是一个健壮的农人

囍春

数一声
一、二、三吧
就当回到儿时

新衣服、新鞋子
再戴一顶喜庆的大帽子
虽然你可能不喜欢这个颜色
但很快,我们追逐在一起
磕磕碰碰、哭哭啼啼
没过两分钟,却问道:
"那里有好玩的,一起吗?"

贴对联,挂灯笼
三两老酒凑在一窝
我可以随着性子躺在沙发上
指挥着小辈帮我开电视
偶尔抽两根闷烟
不要介意,平时我不抽
主桌上有我的位置
入味的下酒菜
我推门入座,会发红包

数一声
一、二、三吧
这是儿时向往的模样

雨水

打听
对岸耕耘的黑影
路口在集合
偶尔还会蹿出几个捣蛋鬼
粉笔在黑板上摩擦的曲调
被黑板擦一笔带过
唱着山歌,红大娃重复着规矩
这是他接班的第二天
几个健硕的汉子咧着嘴
窸窸窣窣
分配藏匿的烟卷
村口突然冲过一个铁皮怪物

他们睁大双眼
退成
车外的风景

她

她也曾是一个姑娘
辈分最小,偏偏
瘦小的双手编织矮小的日常
他们习以为常
我不是在说他们的不是
这本就是一个特性
毕竟相对安逸、融洽
只是雾化的镜像逐渐清晰
我不敢凑近看向皱纹
端不稳不平衡的天平
倾斜的那头
是还未直起的脊梁
我怕成为一个路人
卑躬屈膝

小时候真傻
竟盼望着长大

碑

这里刻着你们的故事
可能你还未上榜
只有冰冷的子弹
理解你的痛楚
可你燃烧着龙血
只为身后的举世山河
若干年后的一天
我拥有和你们同样的名字
炙热而厚重

我熟读你们的故事
刻成碑

一滴雨落在清明

池口
据说通往理想的那头
报刊还在连载
我对世俗的不满
恨透了牵线的木偶
规律、冷漠
那边的世界是否心安
邮递的旅程长路漫漫
我重逢了那个烂木筏
掌灯的黑夜留给我
七秒梦境

嘀嗒，断章的标点
我知道，我不能带走它
就像初见的海誓山盟
我按部就班，整理

池口，干净

清明

又见面了
跟往年不同
我逃避在另一方土地
请原谅我未曾返航
在冰冷的旁白里生存
您知道吗
我跟你一样站在讲台上
他们是我羡慕的模样
是一场复制粘贴的对话
我遇见了和你一样的男人
他随手关灯
他弯下腰去捡没有方向的纸屑
他待人温和，跟你一样
一开始我不知道他图什么
直到某一天有个男孩
记住了他的生日
他手忙脚乱地
点上了蜡烛

清明上

他走得老远
远得看不见他的脚印
远得听不见风的回音
山的那头在今天信号强烈
几个东家在打趣
谁家的香火更旺
上山的人络绎不绝
一个青年有些不同
对着路过的坟头拜了拜
他停在第一百个方格前张望
听着被雨水打湿的祷告
看着仓促下山的人们
他终于来到了那个去世的人的坟前
翻开最后一次的录屏
双膝砸地

听说
人在最后一刻
会知道所有的事情

答案

你说要给我一个标准
要我参照比对
如有纷争,请自我调整
这对标准太不公平
它没有义务,也没有这个能力
它就像是一个活靶子放在这里
指指点点
是谁给了它著作权
是谁偷走了它的生活圈
可总归要有一个定义
从出生的那一刻起
答题卡上
被圈养的猎食动物

酒

夜静
她酿出的是清咸味的
她知你的口味
甚至精确到几两
"烂泥扶不上墙。"

嘟囔着
手上功夫却未停止
电话那头习以为常
她在乎的是地点
灌着半斤黑夜的伤口
你说，我有没有在听
到头来，是习以为常

我再也不敢
叫嚣着
一醉方休

来路

我只是朝圣路上的一枚硬币
肮脏且毫无分量
连乞丐都从我身上踏过去
好像我才是可怜的乞丐
偶尔也有孩童驻足
明亮的光刹那间熄灭
只是一枚硬币
他们很挑剔,弯腰也要有所追求
有一天我被捡起
堆积如山的满足感是毫无底线的退让
所以,我被丢进了拐角
遗失在时间的长廊里

有一天,我窥见光
陌生的女孩将我拾起
而后丢进垃圾袋里
上面印着统一的标语
来路不明

讲台

这是一个象征词
代表的不仅仅是职业
有人说是书屋里的那份情怀
去塑造价值
所以,时间进行论证
考量这份初心
台上与台下的距离忽远忽近
传统与个性在角逐
视线忽冷忽热

我在听,你
可愿等?

枯
戍
帖

白马非马

共同点在叫嚣
试图破碎钢铁的直线
归根于"你还要怎样?"
其实,厌恶的是调换位置的脏手

身高相仿
性格相仿
她出身书香门第
她善解人意
她懂你的喜好
她懂你的过往

可你却奋笔疾书,说
她不是她!

烟囱

你戳在那里做什么
被老天遗弃的手杖
你也会生气?
男孩指着黑色的建筑物问道:
"妈妈,大烟囱生病了吗?"
妈妈瞥了一眼突兀的你
回答道:"你要乖哦,大烟囱生气了,
它在教训不听话的小孩子。"
呀,你又被贴上了标签
作为工业化的垃圾渠道
黑斑爬上了你坚实的皮囊

不知何时
来了一批专家
敲定,爆破的日期
原来
你也并非百毒不侵

我搬进鸟的眼睛

她一动不动的
我说的是锐利的目光
她的身体与我擦肩
这是我们相隔最近的一次
至少,我敢肯定
她不惧怕我
可速度太快,来不及端详
我想呼吁,我的老朋友
却断裂在从未有过的机警
哪怕只是刚上色的暗影
低空而下的阵形里
领头的,客客气气

愿望

它是黑夜的一盏明火
有人为它添煤
有人却在盗窃它的灯油

它生病了
忽明忽暗的
那群顽劣的孩童
状告守夜人

你不该点燃果实
浓烈的糖浆抵挡不住侵蚀
你不会再想听
关于饕餮的故事
在雕刻山上的一角
我看见
冰凉的祈祷

有天
她问我
何谓奢望

回

返程了
就是现在
站点外熙熙攘攘

你的归属地在哪儿？

戏里戏外
冷冰冰的木桩
在下一个山口，是否
成为某人的替代品

预支了终点款吗
在第三时间
我想把中转站都交给你
摆渡那份温情

提交问卷吧
我来过
仅此而已

又一年

她常住在对话框里
偶尔在耳畔盘旋
我们相距千里
海岸线无法抽离游子的思念
无惧地展翅是坚强的后盾
偶尔也在听,栈道里的轻狂

有天破茧而出的是
乖张的松鼠
树枝早已无法满足奔跑
广袤的森林吐着芯子
收留迷路的羔羊

幸好
总有一扇门
开着

平淡

你就是独一无二的
通过考核、筛选
我们相互选择了对方

你为我记录
片段、文字、绘画
只要是我做的
都存在第三层柜子里
或是 D 盘文件夹里

那些儿时的画面
总让我羞涩又欢快不已

我们隔着山海
在视频通话里倾诉
"今天吃了什么好吃的？"
"休息好吗？工作顺利吗？"

"妈，我要去接学生了。"
"回头有空再聊哈。"

一问一答
时间在旁听，却未停下脚步

沉默的夜

间隔,十多米的过道
一个在排头,一个吊车尾
关联,只是一个透支品
玩家请注意身份
你只是体系里的摆渡人
沼泽已混乱不堪
穿线玩偶弄脏了台词
他们想成为那把火
肆意燃烧

而我
拒绝发声

小满

这是没有逗号的剧场
地平线颤颤巍巍
巷口被拉得笔直
尽头睁开了眼
两根拐杖撑起病恹恹的天

一路走来,空白的剧本教会我
随遇而安
不收费的拖堂课
是谁烘托的剧本
台上,激情飞扬
台下,双耳失聪

我有份渴望
注意查收

听说

寻一个过场
风骑在马背上
草原说，这是个悲伤的故事

驿站还在期待
那人还未到来
我探到拐角的新娘
是大地的素装

旷野屏息
哪月旗帜殷红
我便
在此等候

秘境

听说在六月第一个周末
需要我做的是
为你们打开这扇门，观赏
有些难以落脚的
坑坑洼洼

请原谅我的平庸
画板上是无聊的音乐家
丛林间有一个缺口
那是第三人称的住所
偶尔也会探望
被涂鸦的笑脸

隔壁的阿婆称呼我
小丑
一个被杀死的山顶洞人
她去过一次现场
门环上的黑斑是湿的

我们赶在夜黑之前
演说家在即兴创作
我会成为他的手稿
苟且偷生

卷二　时盏篇

所以
请你相信
这是我仅剩的依靠

阶梯

在黑夜里行走
请牢记我的言辞
固定,是被封锁的方向
所以你谨小慎微
点燃三盏灯

夸张的风呼呼作响
我的脖颈生疼
固定,是黑鸦悲鸣的尖端
所以你踩着黑夜
不敢回头

我的
自画像

某年

去探望一下她吧
在第二个十年
这是你亏欠的，木鱼
寺钟无法代替小丑的面具
在洁白的烫纸上
谁是邀请者，谁是买单者
你说只是一个摆渡人
虚假的空壳束缚你的构想
在草原与余晖的蓝图里
我会送你一支铅笔
在双人的秋千上
垂钓

端午

我扶着山海
那是我在读梦
正南边,你贩卖了西域
为了讨好
一个梦回故土的老道

远来游子是客
入座吃茶
湖畔人影交错
错过多少是非对错
降了些风尘
苦了这片苍生

你且不知后世如何
请听我下回分说

信物

一

我们在车站相遇
在驿站别离
只不过换了一个场景
我还在顺着梦境
那里有格林童话的磁场
一顶黑色的帐篷
吃着韭菜合子
读着睡前故事

花，温柔
雨，和你

二

情绪飘浮不定
落日的羔羊盘算
下一个黎明

当黑夜垂头
曙光推开了窗
盘算

枯戍帖

显得沉默而哀伤

那定是黎明闯的祸
那群木偶声讨着
沦为失败者的旧我

三

所以
我该高歌前行

我的字写得很工整
我的躯干长得很工整
我会是个聋子，但不是个瞎子

遥远的我，路过这里
告诉那个男人
把誓言落在冰冷的高地
把真挚留给编织的少年

我取一信物
以此相伴

一花一世界

我无处安放
海归的游子把我滋养
告诉我海平面的规则
我没有步步为营
她没有步步进逼
或许，这是一种天意
不怪瞎眼的裁缝
你看她夜夜笙歌
你看他画地为牢
遥远的故事经过这里
重叠
嘿，你好
欢迎来到我的世界

卷三　浅川篇

青衫烟雨渡

挂历
山海见证者
久未擦拭

路西法摸清天使的套路
戴上枷锁
叩问地狱,染红光明

佛前古道念菩提
樵夫指路
一入方寸,一步轮回

琴瑟相伴青衫卷
烟雨言欢
胭脂抚琴渡少年

饭局

推三阻四开始入席
看门的权杖审核身份
参宴皆出自点灯人的手笔
向上飞扬的面具
有人手捧经文
有人喃喃自语
有人宽衣打坐
有人推杯换盏
相互评测的优雅举人

有些骚客称它为礼仪
有些墨客将它写成文
茹毛饮血发愤学习
刺啦——
抛物线下的"粮食"撕开假面

按兵不动的是真相
取笑众生

新春

南方来的诗人
热爱这里
沉淀多年的江东地带
朝阳为他取名
夕落为他着迷
所以他不艳羡海峡的艳阳天
他孤寂在安徒生的梦境里
对着镜子张贴
一千零一夜的谣言

空了十余载
他以房客的身份接待
南方来的朋友
他更瘦了
他的朋友在墓志铭上题写道
他薄得像一张纸
他有自知之明

你听
在新春的卷宗上
他这样写道

有生之年

娶一炷禅香吧
就在单膝跪地的修罗场
少年没有宗教信仰
却喃喃菩萨保佑
他像是一个栗子,扑火
沟壑更深了
就在那张离婚协议上

那天,我感觉得到了全世界

向日葵

少年迷了路
伸援手的都是第三人称
川藏线众生平等
少年迷了路

少年揣着四块五
对半的彩礼摇摇欲坠
一纸婚约
烟嗓的读白是倾斜的直线

一同随行吧
就在那个午夜星辰下
你带着虚情
我捆着假意

还它一个
世俗的名字

药

这是一次的分量
她学着白大褂的语气
有模有样
我看着部首偏旁
拼凑一日游的项目
究竟是什么症状
你自己去看
清白大字

她不像我一样沉重
乐呵呵的
跟掌心较劲呢

初见

南桥下的东墙笑话
一个黑的直角
钢筋混凝土提炼的榔头
精通多国语言
冒尖的红浆刺破龙颜
弯下重伤的膝盖吧
没有人会怪你

我叠了一个三角
初见

大叔

他是一个生物
拎着半吊子的墨水
踩着地上熄灭的烟头
他偶尔心情愉悦
偶尔意志消沉
烧一壶烈酒吧，丫头
权当打一个下手
为了表达感谢
送你一个小马扎

征婚

他是一个残疾人
数着障碍格子，不计较温饱
他更喜欢入口即化的糖果
但却抵触一切红色包装
他有两个红本子
一本鲜艳点，一本暗淡点
一本是合影，一本是独行

他不想再签字了
却身不由己

枯戍帖

爱好

我把经历写成他的爱好
为我行走异乡
他不奢望我的怜悯
他不计较我的报酬
他起身抱抱我
嘴角上扬

夜半

天微冷
她不是一个姑娘了
她也婆婆妈妈的
但她忍不住去唠叨
她有些局促地坐在你边上
想了解你的近况
想听你的成长
你也很懂事
筛选了一些情节,斗志昂扬
你自然地接过她递来的水果
心安地醒来接过她送来的温水
体贴地让她忙东忙西

似乎回到家
你就变成了巨型婴儿

(其实这对她来说不重要,
重要的是,
你多陪她说说话)

天花板

总会给我一个天花板
陪我一个夜晚
有时她乌云密布
有时她星辰大海
我们达成一笔买卖
女孩抱着木桶走来
却碰到了猎人的产物

她们想请我上去
替代物

陪衬

我分个三六九等
并没有恶意
这是常情，拒绝也没用
那就逆来顺受
反正，也享受其中
你不用说着掏心窝子的话
一边灌我的酒
你不想我记住的
我权当放屁

散会了
需要我送你一程吗？

空白

本是一张白纸
这么些日子
写满了污言秽语
晚年了
借块橡皮
我想把它擦干净

检讨书

我叫一个人父亲
有一个人叫我父亲
我没有做好叫父亲的身份
也没做好被叫父亲的事情

立春

我等了你一个年轮
我的骨子像你
她更像过站的列车
寻找安慰的借口
我很遵规守纪了
尽量把自己打扮得轻便些
好让埋我的人
没有负担

秘密森林

或许该换个称谓
容器亦是垃圾中转站
破了洞的黑夜耻笑
乞讨的火柴人
石头真硬啊
红磷委屈地擦着石灰
男孩小心地书写着

"嘀嗒""嘀嗒"
他慌忙把它藏匿起来

误区

老路
总有人不厌其烦地去走
戴着品德高尚的帽子
指指点点
您说的
可真有道理
不如
下一堂课
您来教？

夏至

许个钗头
男人置办一身行头
黝黑的臂膀被大树环抱
他把思想栽种在根里
偷换下半辈子的草稿纸

鹿角、蝉鸣、半夏
我寻一味苦药
替代三餐
巴结
盛装赴宴

枯戍帖

退役

快十个年头了
我越来越像他的模样
在大阅兵、在演习之时
会停下手中的针线活
倾听皮鞋砸地的声音

我还会不管过了多少年
取出最内侧的那件军装
上面有国防服役章
有，我们的光辉岁月

如今，我在南国之乡
在滨江一角
传递，祖国边疆

机械化

他们动作娴熟
器物只是他们渲染的情调
似乎都屈服于名叫时间的生物
它光滑而优雅
打磨新人的棱角
他们透过规则看清背后的交情
这是哪个画家的针线活

我酷爱单色调
却，妄想
一场意外

不速之客

橱窗与雨滴幽会
在布满窥探的转角
柴房听见，藏身雨幕的老实人
嘎吱怪叫的枫树林
有个被赶出来的男人

仓促的，突兀的
昂贵的皮靴与泥浆拥吻
在哪儿，都有可耻的关联
供人调侃的权杖支撑
一个乖张的木偶人

他踩着天线
敲开一扇铜门
向己问好

大象，大象

远方走来一位画家
他不是音乐家、哲学家
更不是占卜家
所以他跪倒在这片荒野
被众神践踏

他被孤立在画展里
一动不动
在他目光的尽头
通往寓意的画廊
他成为一幅画

旁观者惊呼
压抑在憨厚里的
庞然大物

致

初闻、初见、初谈
一切都是崭新的
我不知该如何下笔
绿叶不需任何点缀

我会像是一个乖张的路人
默闻、默见、默听
最后在答题卡上默写
关于你的诗行

六连岭

近百年了
老伙计,我听见你的木笛声
那块染血的纱布,固定
受伤的荔枝大炮
腐朽沧桑的痕迹
我找到,那块溪石
那里,有你的乳名
你不止一次地提起
未曾过门的姑娘
目光热烈而滚烫
我望见后世的碑文
听见河山的呼唤
我们的战场载入史册
我们的旗帜举世飘扬
你是否还在捣鼓草药
你是否还在捆绑香蕉皮绷带
目光欢喜而心疼
悠悠轻叹
恍若隔世

大暑

没想过与你碰面
毕竟从未与你谋面
可能是我们第一万次的擦肩
可能你在日后我们常去的长廊里念着我的名字
可能你的背影越发遥远
可能，这只是一幕童话

我想会在某座城市的前段
不知你是否做好相遇的准备
抑或是喜欢惊喜的遭遇
那里有羞涩的花骨朵
倚靠某种天然物质
清晨，落得干净

树荫下藏匿的
是我最后的
爱慕

意外之诗

我走过一连串的标点
老北京的巷弄把我省略
一个戴斗笠的说书人
他手里的墨笔被雨水打湿
湿了足迹

他沿着规律
毫无价值的习惯
去书写他的人生篇章

我还在打听
游京的他乡人
我们在拥挤的浪潮里
奋力踩踏
有人会在你身边
总有人会在你身边

等待
意外的擦肩

我应该

我游走在这人世间
一半黑夜,一半光明
它们本是孪生子
只不过,总要有人去满足黑暗
所以,他身披不祥,脚戴锁链
被称为邪恶

可我是黑夜里那盏灯啊
我不需要你记得我
我只愿你平安
我不需要你信奉黑夜
我,答应过光明

所以
你可以不喜不悲
但请你心怀恻隐

萤火虫

我点上烛台，猜想
冷艳的木琴在诉苦
搭载的风在挽留
没有立场的门帘舞动
那不是我购买的夜场票

你是大海的子民
你用短暂的一生去证明
当后人再度翻开你痛苦的诗集
他们只能悲泣
这个世界上只有一个海子
所以，我不忍下笔

我捧起烛台
善养，点点萤火

抽屉

我把它们分为三六九等
却忘了上锁
泛黄的本子承担一部分
新鲜的玫瑰烙上前因
她不该，也不想
床头柜上放着谁的香水

孤独是一位健谈的老者
他今天格外粗暴
我猜想，应该是跟名叫黑夜的姑娘掀了桌子
昨天他还教我何谓核心思想观
体谅、耐心、包容

他把我的东西乱丢在地上
自己躲进了抽屉
顺手，关上

次第花开

唱一支山歌吧
就在黎明即将到来的时候
相机只是一个记录品
我的眼睛,想深望大好河山
隔壁的树叶掉落了
你所爱的人背靠山海

唱一支山歌吧
就在漫山花开时节
我供奉你为神明
旷世美景因你而存在
海水不会满足对高山的贪恋
所以,请把背影定格

我说,你听

七喜

一念，畅道悲欢自在
打赏的游人剥夺同情
还是熟悉的先生，背靠万古
爬上肩头，追溯倒闭的鹊桥
琢磨着，不是该称赞的爱情故事

二渡，落阳湖畔离人愁
曲封炊烟，柳堤白了头
却不见人家闲客，往事凄艳
关外苦海行舟，笑忘书
寻不到灯火阑珊处

三分，凋落的借口倔强
书架畅销我的过失，没有理由
路边摊在撒野，醒木拍桌
黑幕愧疚，抛弃地平线
苦涩悬在半空，举棋不定

四方，镰刀在回忆里留下痕迹
逃避的列车杳无音信，断了思绪
模糊视线，沉溺姓名的回音
双人伞在调侃，戒不去的遗憾
黎明在崩塌，自圆其说

卷三 浅川篇

五韵，深渊是最佳制作人
山水泼墨，画中琴滞留旁白
掐灭的烟，蒲公英打扰我们的约定
证书纠正它的存在，救下空白
流逝的长廊，悄然抽离

六道，结痂伤口尚有余温
不堪神话，却也落得追忆
怀疑旧我，酿出拙劣因果
省略乌鸦的嗔念，敬世间美好
似有观众，拨弄众生的感言

七夕，背着那牵牛穿针
落难的银河受人谴责
镂空的烟火，独醉了念想
烛影剪彩，高粱红装问三拜

鹊桥，连夜雕琢心墙
背朝信仰，寻觅黑夜的尽头
有个余生老道，敲打红尘
关上灯
我打开了窗

以你之名

那里碎了一地
我狼狈捡起
塞回眼眶
镜子还在等我
等一个宣判

后来
我想不出什么理由
可以把我们的距离拉近
我可以成为橱窗里的过去
重新摆上货架
贴上标签

后来
我们会走向平静
某天在一个对话框里
好久不见

还好
我还记得
在水一方

七夕

后来
我习惯了空荡的房间
左耳在提醒我
不太敢亲密地
催眠

后来
我忘了太多的情节
渐渐
告别柔软的角落

后来
我执你之笔
写下更多的诗行

玩具

门，虚掩
剩下一只黑色的眼睛
替代被救赎的光
脱落的门把手，肮脏得随意
碎片下是战争的后遗症
那只眼睛枯寂色

他们不知苹果、梨子
却害怕没有插销的玩具
他们目睹，父亲与玩具合体
成了报纸上的一角

但他们分不清
谁是父亲，谁是玩具

迷路

岔路口兜兜转转
头羊,掉进深蓝色的大雾
它替我找寻,仅存的温度
零散倒退的碎片辨明
丢掉的夜幕

可能,还有压榨的价值
或许,善解人意的怜悯

相约在河畔的林荫道
你说,这是我向你承诺的地点
我这不堪一击的好人卡

就像
顺带赠送的茶点
点缀而已

篝火旁

点燃，熄灭
一帮人度另一帮人
或许，会增加共同的灵魂
他们说我需要人陪
假想，终究是幻想
等来的天明在扮演，双人旁

可黎明的光
从不施舍给褴褛的诗人
他似乎，也并不需要
他的几个铜钱
换取精神食粮

光灭
烂摊子的独处空间

灯塔

麦子把真话藏进镜子里
而后，数落计较的人群
有些泛黄，有些枯萎
人们却习以为常
镰刀，挂断最后一通电话
出演半场嘉宾

女人们在张望
烛光闪烁在大街小巷
偶尔会相聚成一团明火
话题变得没那么重要
她们接到各自的男人

铺街散开的烛光
勾勒
万家灯火

南渡江

我想我会生长在这个地方
我也曾凝望着她
她没有吝啬
七千多平方千米的流域哺育
万千儿女
我们在等你
在更广阔的海峡

她很安静
平稳又舒缓
我们沿岸漫步
你包容我所有的锋芒

你说，未来的路
慢慢走

擦肩

我没去过四川
但我寻过她的足迹
这是我们第二次相遇
我想没有第三次了
我承认，我有赌的成分
很显然，我赌对了

我们之间互换了更多的故事
很显然，她轻松了很多
我期待几年后能得到她的相关讯息
在某一座城市，某一个角落
开着一家自己的店铺
茶铺、书店，或是花店

或许都不是
但没关系
你，重新开始

枯戌帖

客串

换了一个场地而已
往返不过几年光阴
当我再度站在这里
同样的衣着,同样的稚气
你们如今,在何方

你们应该想不到我会以这样的身份
可我却被两道目光吸引
好似看到曾经那个少年
我不用言语,我也无须言语
哪怕我背对众生
一切也值得托付

你好,再见

镜子

上面有点污渍
麻烦把她擦干净
她是相濡以沫的临时工
她是病痛交加的牛皮癣
痘印，热得沸腾

我把她擦干净
她也不问我的来历
好似意外之喜，转让给
不起眼的商铺
那里明码标价，却杳无音信

我望着镜子
里面的人
眼里落满了玻璃碴子

掉落

我寻到一种沉浸式体验
仿若你留在身边
告诉我，明天的安排
你会化上淡妆，期待我的欣赏
而我也会放下手中的一切
与你相拥

可生活是一部情景话剧
剧本的设定是我们的共同努力
那请给它一个安静的结局
还给它一个干净
把它放逐于人群

参天大树却还在等
等一片金黄
等一片掉落

背影

我们试着相处不会那么拘束
我很欣慰，你不再歇斯底里
我们尽可能营造家的氛围
毕竟，家的组成——
你、我、她
缺一不可

可剧情的走向我们无法操控
你应该明白我的用意
给予她为数不多的温馨
买恐龙的路上
我会在身后跟随
一个相对孤立的形象

我想不会再见了
我希望如此

第三种类别的动物

有一种动物由一撇一捺构成
他们或是她们有专属条文
发明了叫作书的东西
编成一部部教材
他们、她们喜欢吃它们

有一种动物是曾经的霸主
但它们的文明低下
甚至,皮囊里藏匿着堕落的本能
所以它们被称为它们
它们没有反驳权
被编成上好的食谱

而有一种生灵
游荡世间
指指点点

伐木人

他是古老的猎手
你看他手上的老茧就知道
他独身一人
你看他邋遢的模样就知道
他是普通的伐木人
你看他每天的做工就知道
他是残缺的人
你看他胸口的过往就知道

姑娘
不必空谈

枯戍帖

生活所迫

他是黑夜的献礼

栖身在冰川下的黑莲
他身在何方

他的无名指是跳舞的婚戒
听说门的对面有她的药材
可他没有钥匙

他精通技艺
却寻不到光明
他摸索着、挣扎着
却无法上岸

有一天
他成为师傅
有一天
他被戴上黑暗
有一天
他在忏悔录写下……

那个男人

他不像那个女生
他只有没有修饰的言辞
和沉重的动作

他把爱藏进黑瞳里
压抑的音符是他承载的原动力
他是合身的，半聋哑的西装革履

他有时步履艰难
放空的车厢与他较量沉默
他成了一个巨大的包裹
缩在高脚杯里

他成功了
他拍着胸膛，满面红光

男孩坐在身旁
想触摸这副岁月变迁的
枷锁

引子

送几张铺垫
凡农只是一介药农
缺些银两
却乐得清闲自在
陈皮、菊花,抽盒里多的是
半生黄酒
她说,他这辈子就靠这了

听闻上苍游历
途经,街坊闭门在烈日下
有个姓高的官人
敲开药铺
特请天下第一相见
他似有所猜测
与她相望

第二年
高氏官人迎娶三房

简单

我在圈里
你非要说我在墙纸上
我知道
我只是被安上去的一个开关
那个点被压得生疼
你何必拓展思维
点拨众生

我只是一个点
被安上去的一个点

新闻

我打开电视
看着她
然后，忘记她

卷四　上邪篇

为你写诗

在急促擦肩的时候
我们迎来了属于我们的百日
我仰头望天
风吹着云赶路
扎根的是想你的月色

月亮,月亮
你可读懂诗人的心思
一杯醉酒
一杯神往
何不坐下和我一起
数着车水马龙

我推算着日子
听着《桥边姑娘》
静立的双人旁看我
十六公里的擦肩
书卷笑我
融入爱河的看书人

桥上
那
惊鸿一瞥

镜像里的倒叙

我有想过在长河里漂泊一生
赏花、看海
仗剑天涯是少年郎
我读过所有的落日都在听
雨落、江南

命笺里,算卦的一直在路上

五月携带幽兰
捡拾一望无际的深海
落座在第一排的暖阳里
距离
我称赞她为初闻的檀香

我向邮局投递简历
回应在十一月的肖邦
我写下憧憬的诗行
落着尾款
期盼

似曾相识的场景
添了份婉约
你是否前来买醉?

忆往昔
迷失在驿站里的风景

我有想过
往后余生,皆是你

尘埃落在时间上

你去往何处?
有人摘取了我的果实
我在问你去往何处?

看到夜幕下的繁星了吗?
断裂的序章是我
遮蔽灰纸巾的伤疤
上帝拉开了一角空洞
将我们赶走
妄图修改故事的序定

在方格里
他们问我去往何处
我指了指漫天繁星
它们在我周围
发光、发热
而我就在这里
见证,猎鹰
图画里的启明星

遇见

三天了吧
截止在笔墨下的时刻
又让我跟个木偶一样看着
他们朝相反的方向跑去
只不过
集合的人不是我
他们喊的班长、教官
不再是我
我应该开心吧
毕竟这是成长的一部分
新兵下连啦
只不过
这次
少了一道程序
别忘了我们的传统啊
我的视线里突现冷清的伤疤
你们应该知道我吧
在穿正装的那天晚上

我突然明白那三期老卡卡
"一大把年纪"了
还在带新兵

枯戍帖

我的班长叫
谭琦

安静

我居住在这里
迁就一直被不断劝退
我听不见、看不见
也没有这个必要
重复着音响里的对话
我会一直好好过
只是在快成三的数字里
不想有第二双手
打搅这片土地
它破碎、凌乱、倔强

但它终于包容
这个蜗牛先生

等待叫醒的人

她要我去看
一处场景
白雪公主在等待王子的亲吻
他们甜蜜地相拥
看书的人把它称作爱情

七个小矮人早已中途退场

巫婆却在不远处
运筹帷幄

嘿
欢迎来到童话镇

棋子

卑公问
山河的第几步
愚公走走停停
不见后来人
观望，自然的病态
半层书云询问，你啃食多少
不过三斗学子，妄读、妄论
大地消磨
在命题的尽头
时间，不重要了

禅老对着虚无
黑白无子

现实

我从未想过
我会跟狗一起掉进井里
去争夺一根骨头

围观者
指指点点

看剧

有的人在看别人笑话
有的人在看自己的生活
我不愿多言
只想给予他们一些尊严

听我说

他们从来不会聆听
有的只是满足自己的好奇心
所以他们弯下腰
仅仅只是弯下腰

等某天
我要他们挺直腰板
听我说

战友，战友

合影里
我们都在笑
分别的时候
你说我们应该笑

有一天我们重新回到老地方
我们蹲在那里
望着向前奔跑的人
那也是我们

有个战士跑到我们的面前
"班长，回个炉？"
我们换上迷彩服
站成队列
依次报数

我们依然心怀荣耀

亚龙湾

我第一次见你
是我蓄谋已久的决定
我带上附属品
去找寻归属感
海边、沙滩，故事的最后睁开的
是龙的眼睛

师者

不是谁都可以站在这里
每一个举动都有模仿者
台下到台上
我用了六年的时间
跌跌撞撞
成为评论家口中的人
看
那孩子,长大了

架空

还好，只是最终幻想
黑夜将我拉起
去迎接新的黎明
这拙劣的把戏我已经看了无数年
卑鄙的信使发现了新的物种
她不止一次想搬运我硕大的身躯
传教士也不再歌颂我的丰功伟绩
羊皮书上是新时期的勇士
他健美，象征力量
而我，只是一座愚山

旁观者

原谅我的薄面
我无法去伸张爱情

在我残缺的后半生
你不必去努力尝试

我对着素不相识的油画
心中祈祷

枯戍帖

路

这条路我看不见尽头
只有排列整齐的路灯在报数
周边是荒野和孤独的我
我是唯一的看客
我的身边站不下第二个人
窗外的视角应该更美
我始终不知道这条路的名称
偶尔
一辆车闯进我的夜景
我的脖子抻得越长
视角越开阔
我尝试过
所以我不再重复
直到有一天
我踏上回家的路

想象之中

投一枚硬币吧
被拽上想象的一瞬间
答案已在发芽
半步悬崖,半步恋旧
门外还在打听
厨房里还在热火朝天地嬉闹
囍字是半年前贴上去的
闭合的窗帘一脸苦涩
说说看
过来人给出指导意见
投一枚硬币吧
在栀子花盛开的瞬间

旧日历

我看得很少
它闲置在办公桌上
听往来的曲目
在电子产品的捧场下
我甚至忘了它的存在

可只有在它的身上
一笔一画
写着我们的流金岁月

霜降

我穿上了长袖
母亲在缝补南国的伤口
可不曾听见
冽冽的风赶上了疯人院
运营的电梯不知上进
周而复始,被动地等待
一个开关的革命
我见过断裂的、漏空的
说着听不懂的嘎吱声
完结它刑满三年的生命

我穿起了长袖
偶尔清冷,偶尔薄凉

海口钟楼

这里是聚集
异乡游子思念的地方

记得,我写的一封家书
燃烧在一汪清水
遗落,忙音的画笔里

通往阁楼的阶梯上了锁
我想,在那个年代
是绝佳的潜伏点

突如其来的一场雪

其实我沉迷于想象
我一直告诉镜子里的男人
若想遍地苍白
若想拾起埋没的战斧
请停止拨打
未接电话

人设

我不是一个健康的人
有一些轻微洁癖
周边的怪咖在张牙舞爪
我知道
厌恶、羡慕,我的思想
照葫芦画瓢请好看一些
通行证不是复制粘贴
我闭口不谈
请不要放在心上
言语上我是不愿针锋相对的
我排忧解难
请不要抱有妄想
沐浴、更衣,矛头指向
干净的人设

简历

最开始很短
慢慢变长
后来，他觉得有些烦琐
有人说他喝了假酒
耽误了第三类议题
他模仿前人
兀自摊开
哦，原来
他的一生，纯属虚构

被忽略的声音

爬墙
我见过高墙下的众生
日出而作,日落而息
反反复复
落叶惊鸿要看天的心情
有人走马观花地围观
有人站在铁网之上
他们衣着光鲜,充满好奇
黄牛们卖力地耕耘
他们太久没有看到
美艳的狐狸

小雪

屋内有些微凉
主人为路边摊生起了火
缺斤少两的插曲
挡不住赶路人的春色
流浪人的手里握着
送给闺女的布娃娃
看吧,连风都在往家里赶
我走进一家一元超市
换购,一顶帽子

枯戍帖

椰子寨

我回到这条老街
亲吻,斑驳的青砖
请响应我的呼唤
凝视那,二十三年不倒的红旗
号角在冲锋,你在听吗
站起来的伟业在传递
琼崖第一枪
嘿,路过的时候歇歇脚
这里是我们战斗过的地方

我听到来自二十一世纪的传话
相传我们的青春

那年今日

摆正，擦拭
我对着镜框说着
地图上的无痛无痒
夹层里逃避着
一篇虚掩又懦弱的推文
有人说荒唐
在这限定的年岁里
我不止一次去张望潮水
去做乖戾的说书人
落幕的启示
回应
请把我安放
请让我孤芳自赏

嘿

我又从某个角落听见
陌生的名字
干净,所以整洁的面庞
跳不出另外的选择
我盛着肉汤
熬烂的苦胆晒干沉默
友人还原了场景
试问几斤几两
我猜测
逢场的路人相遇
止于枯萎

倒计时

黑板上的数字做着减法
剥夺我对你的好感
你可能从来没有听说过
还未开始便封存的故事
我静候它开花
成为我的姑娘
在落叶，填上
被许诺的嫩芽

心跳

我沉浸在训练后的快感中
太久了
它像是要挣脱我的胸腔
去破开一切业障
救赎一匹将死的野马

我以为我会贪恋这份孤寂
直到遇到一个
女孩

填海

不同于上一次
我窥望这片深海
动作又利索了一些
没人要的海风不再对我依赖
甚至,我不再对着远方沉沦

捡起镜头,擦拭
害羞的素颜

我从南方的赣城经过这里
为之驻足,为之倾倒

我精打细算也比不过红尘
收拢的核心
一笔,一画

所以,转身抓住了警戒线
宣读,我的诺言

枯戌帖

走过去

我推开一扇门
设施少了一些生气
我把我的身体安放在工位上
桌上杂书几本
我为我的文字做铺垫
我为我的思想做放逐

还少了一些什么
我机械地转过身,盯着
门外的灵魂

患者

我寻思找一个海边
把身体和灵魂都带上
我要为它们消除隔阂
它们总是分道扬镳

可是
灵魂出不去
身体撇不开

眼睁睁地
让我坠落深渊

黑色

我不喜欢光亮
我在母胎里习惯了黑暗
我相信哲人说过的话
因为他是哲人

后来，我的母亲告诉我
她不喜欢我黑色的眼睛
不知疲惫地否决已知、未知
请不要陷进我的泥潭

所以，谁能告诉我
我的身边
是什么颜色

白色

他有些排斥
他总是会把衣服弄脏
他是一个野孩子
从小就是

直到某天
他穿上白衬衫
天色渐晚
沙堆里迎来一位巨人访客

牵手

背过身去
在山海掠过尘世的痛楚
无关我的,请不要指证
我从不怀疑,如果当时
就把黄昏扔进胡同里,浸泡
远方的海子曾说过
总会有一个爱人

侧过身去
在烈日下寻觅一味苦药
郎中是堆满的书籍
角落里藏匿着只言片语
呢喃的钟声应和
一个未署名的写手
他的手边没有稿纸

我是黑夜剩下的空缺
或者是
男孩虚构的天平
我陪了好几个年头了
直到
一道光亲切而温暖
直到

我的眼睛厌倦了黑暗

你是谁家的故人
我是谁家的衣裳

月亮，月亮

月亮，月亮
黑夜不懂你的矜持
就像我看不懂星空图
在渐行渐远的森林里
寻找一支名叫乌鸦的哀歌

月亮，月亮
我在风的出口
你在路的迁就
我兑现在风雨长廊上
斟酌我的用词

你看吧，风不会吹走我的跟随
但会拉远我的思念
延长的关卡上，我举步维艰

月亮，月亮
你依然是我第一动力
我踩翻苦坛子
五十六度，呛得发苦
我不是善于唱歌的病秧子
只是厌恶我的举棋不定

卷四　上邪篇

月亮，月亮
你可不要贪杯哟
在我的画卷里，你一样孤独
人们埋头苦干
谁会在意，诗人的镜框

我成为一个点
包罗万象

塌方

我买下一个工程
身边的女孩
是设计师

她请来了
锄头、多疑、沉默
最后被小区请了出去

麻烦

他们不觉得这是麻烦
我在沉思
这样下笔会不会
被黑暗抵制

他们享受张手即来的感觉
却堆上身份的高墙
画上冰冷的界线
我在沉思
来而不往，非礼也

动物们振振有词
渲染的手语充满恶意
我退步不谈
毕竟，想象之中
你我不同

我不怕麻烦
但
不沾、不染

我有一本书

我有一本书
它时而滚烫，时而落寞
总共两百多页的寿命
你会故地重游吗？

我不忍看它皱褶
甚至连观后感都小心谨慎

我跟它平起平坐
相互交流，讨论观点
就像在云端之上的神游
我与创作者素未谋面
如同当下

我在第一页写上名字
心有所属

如影随形

制高点
我称赞它为重生

悬着的手又坠落了
失而复得的人格
指责我在不远不近
观后无感地调侃

后来
我们充当插画师
你的背影无迹可寻
我的双眼空空荡荡

你不再苛求我的行囊
沙漏在提醒
它的轻如鸿毛

不必相逢
我热爱
尘埃之下的涂鸦

春天里

我把时间塞进口袋
唯恐它被遗忘

朋友说
圈起来的是有感情的地方
我们向楼下走去
从未想过
白了少年头

这座废墟
是孩子们的游戏王国
是诗人们的断崖山
偶然经过这里
黑色的乌鸦看着
孤独的风景

我顶替了身份
贪恋
鸟语花香

粒子

天平，从过去倾倒
有人说，是贪吃蛇的糖果
有人说，是圈养者的节日
男孩，拍了拍屁股上的尘土
他说，是基本粒子

传记里清清楚楚
与天肩并肩的功勋
黎明，必将撕开黑夜的屏障
没有硝烟的前线是他们的脊梁
所以男孩，堆砌

他把人物写进日记
在某天
赋予奔跑的权利

前线的岗
总有人去站

角色

你说会两句分行
光鲜的皮囊在阳光下浸了水
那不是谁的替代品
何必装聋作哑

船偏了方位
他不再是用来对抗某种锋芒
匆匆地走过第三把交椅
当涂鸦不再是串联的工具
当第三盏茶消失在尘埃中

我的笔尖在传递
后来者的温度

退后

试探步
不愿与得过且过为伍
可它终归是下下策
剧情的走向不再是系统设定
这间房子仅仅只是房子
回忆与过去不再挽回
请你点燃，这场大火

听说
你一如既往
拆了东墙补西墙
退后的步子扎得生疼
你也不知这双鞋合不合脚
我不愿听说
可怜的道听途说

退后
显得不合时宜
我想会永远陷入逆时针的救赎
等待是最美的爱情
我把我们的故事分成节
暗自清算，试图打动
一个悲哀的生灵

枯戍帖

他不再哭泣
只是戴上假面
窥探多余

你看
我们每天都在谱写
恰如其分的乐章

在山顶

我从茶后饭余而来
我扎根在这里
因为所有的一切都从今夜开始
你不是一个乖张的初学者

我的躯体受尽苦难
我的灵魂顶风作案

我还给世俗的祷告
敲定结尾的关键词

我开始登山
她是锁链,是落石
泥泞亲吻我的伤痕
我就当这是对我的宽恕
毕竟,我的羽翼
太过锋芒

我会偶尔打开通信设备
那里回应的是
冷艳的机器

枯戍帖

所以
请不要关注
她不是官方报道

中途风景

我去过一座又一座城市
从前我会写下一篇篇游记
如今,智能足迹不断去贩卖
一瞬间的理由
就像此时的我,隔着玻璃窗
追寻过往的点点滴滴
那里的风景也曾有我们的足迹

其实,当下也没那么矫情
我不痛不痒地说着我们的故事
属于我的二十岁的红绿灯来得仓促
满是皱褶的白纸,辛苦你的规整
琐碎的片段,恰如其分的自尊
我只是临时的停车位

往后的碰面
更倾向于平淡地对接
歇斯底里是因为还在计较
这段故事,我们不分对错
我希望往后余生
不要碰面,也无须碰面

枯戍帖

信——执念
对你
我，毫无戾气

面具

我想撕开更多的假面

我生来就是为了鸣叫
在有限的生命里
当我完成最后一个音符
我不需要森林的掌声
也听不到人们的相声

我猜测,某专家的口吻
把我定性
我想撕开更多的假面

有人在我身上纵火
有人在我身上唱歌
陌路人撞倒了我
大海不会因落石而恼怒
落石不会因大海而明悟

我欣赏来自深渊的假面
镜子里的面具在嘲笑
一个破碎的良心
用第三者的口吻

枯戍帖

教人独处

独处
是高精准的救赎

好久不见

那只是一本旧账
我们的故事已余额不足
请不要再等

等一次把酒言欢
等一声孤身长叹

悲歌里的钟声

它是城市的见证者
山坡下的，是众生
它机械化运作
总有人为它铤而走险
短暂又愚昧的一生啊

城市在时间里翻新
活在支架上的人儿
你的痕迹无法查寻
你的热爱无从说起

可我们再次哼唱那首进行曲
总要有人站出来
你说对吗？

后来

我想看假面下的祈祷
我想前往你所说的天堂
我倾尽一生想去拥有
我独自活在你给的记忆里

你从未问过好人的愿望
你只需要一个听话的搭档
毕竟，这是我藏在骨子里的誓言
任你践踏

后来
我们朝相反的方向
励志前行

有时候

爱你
从来都是我的一厢情愿

相信
最爱只是一种束缚
一碰就碎

安心
当你精心打扮与拼刺刀时
你状态甚好

再见
可能会在下一个场景
我永远做不到沉稳
每当你出现在我的视线

有时候
我对着镜子
苦笑

病与劫

第四天了
药引子也在进退两难
长廊下的晚风令患者止步
混乱想把灵魂安放
我不认为它有什么胜算
枝干上的新芽不执着
那天夜晚的细语
只剩下如果

我从她的口中听说
木棉花的名字
浸泡在浆果里,是我
对镜子的妥协
来不及道别
抓取我的肉身
是高高举起的磨难

幸好
木棉下坐定的等号
是人世间并存的
病与劫

枯戍帖

构想

在架空的世界观里
没有遮羞布
没有神明

泡沫

我停了一个梦境
把我的忧患放回到隔壁的田地
泡沫在空间忍受压榨
握紧的是不敢上前的左手
来自第三方的游客
提醒酣睡的主人
空落,是人走茶凉

序曲

我摆脱了前奏
却坠入一望无际的孤勇

想念绑架电话
理智砍下最后一丝冲动
玻璃杯在等待，等待
青年的独白

我梦见
记忆在整装
妄想涂改黑白
新客却不待见老舟

听一听
山林闭语，喝醉的红杏
可知秋千的落寞
僧人指路
山上遇一樵夫
那座寺庙已破败千年

我掉入一个缺口
神明在
咧嘴笑

曙光

我品尝
随遇而安的小把戏
热爱阳光,热爱洗澡
如果你看到一个嘴角挂着笑容的人
一定是我

哪怕面具之下是琐事更迭

目击者

我翻阅大半的浏览页
终于看到我的文字
如刚踏入门的店小二
手里熬着温汤
他不知归处
却也怕贻笑大方

说书人在打磨
不闻隔壁门口的两双绣鞋
唱戏的棋子还没落下
隔壁的王二狗还未回家
庭院中央的"我"迎风飘展

天微亮
你该沉睡了
目击者

冬天的边上

数到三
我们就在一起吧

我期盼着到来
却是一个贪吃的逃兵

我贪恋
来自南国的温情

郎中抓药
临走前摔碎了几个茶碗
我不喜欢药罐子
发苦的气息宣布结果
我宁可成为被遗弃的枯草

回家的路
提醒我——"因"
我诚惶诚恐
打住,劫后余生的快感

灯火在碰撞
写下诗行的双人旁

枯戍帖

像

她是一个安置品
锄头在门前是一个幌子
街坊声称，斗笠是最后的见证者
他说，她不像她

他花了大价钱的
至少大家都是这么认为
她落入黑暗之中
打理她的是日夜风尘

嘿，别睡了
有人把她偷走了

蘑菇

我身边有很多同类
它们有着跟我一样的形状
偏大、偏小
谁会低着头为我们撑伞

那请
把泥土从我的体内分割出来
我并不需要水分
那只是腐败的泪水
扛不起村落

我们驻扎在这里
成为某种礁石
我并不认为我们生而无畏
但请不要贴上标签

我的生命里
没有毒素

下楼

楼层很高
远来客不识路
冰冷的数字告知走向
时间搓了搓冷风的手

我待的地方并不安静
推门请走右手边
拿起，放下
我不想成为边角料

所以
我找了一个台阶
时间
刚刚好

入座

我买了票
找到自己的位置
上面没有写我的名字

我习惯等待
夜曲只给了一首歌的时间
我看着进进出出的人们
感叹,你的认可度

面前空落的杯盏
笑我
请先付款

短晴

请不要抄袭我的思想
我的文字工工整整
如同让你心安的筹码
在红绿灯路口张贴
我有见过滑稽的差人
对着榜文伸张正义

我对面坐着一个母亲
她找到了一个方向
可能只是走一个过场
她的文字坚定有力
甚至已经想好后面的说辞

我是一个孩子
肆意挥洒
属于我的青春

山海

我从不苛求
在冷冽的山河
不止一次去倾听
从山崖滚落而下的雷声

后来我倡议
不搭建任何衣裳
留存下静默的古道

有人上山而来
有人下山而去

蓝巷

她在我的虚构词里
埋下半截身子
栩栩如生

我想我不会再踏足这里
哪怕我重回故土
哪怕成为关键词
我也不会迈步向前
就让它沉睡
成为通往深渊的地标

儿郎
在舔舐伤口
背面的高墙昏昏欲睡
离别的站口打开门
不涉及代价
让我走近

西装革履

日子

东边新来了一位客家
南边新开了一间药坊
抽过旱烟的手
劣迹斑斑
还想着公元前的事呢
下山的施主
可有偏方？

等待

算算时辰
还有三个小时
我的女孩从远方而来

想念肆意燃烧
男孩取得阶段性胜利
他期待每一次见面
汇成一句随笔
盖章，留存

不为过去
只为将来

习惯

习惯
我只需要七天
如初生的牛犊去抗衡
酣睡的猛虎
她不是复制粘贴
也不是回收站里的再删除
了无痕迹

习惯
我只需要一个念想
如新生的朝阳在添加砝码
周而复始
她不是复制粘贴
撼动的是钢铁长城
睁眼去看

嘿，丫头
习惯是藏匿的借口
土崩瓦解

化石

房屋是一个摆设
塑造、瘫痪、瓦解
大地包容孩子一切的错误
我亲吻时间
卸下一堆黄土
坠落在长河里,不再那么仓促
谁会去翻找
白骨背后的点点滴滴

未来在前面加上一个词
就是我的名字